문학과지성 시인선 378

노래

조인선 시집

문학과지성사

문학과지성사에서 펴낸 조인선의 시집

황홀한 숲(2002)

문학과지성 시인선 378
노래

펴 낸 날 2010년 7월 12일

지 은 이 조인선
펴 낸 이 홍정선 김수영
펴 낸 곳 ㈜문학과지성사

등록번호 제10-918호(1993. 12. 16)
주   소 121-840 서울 마포구 서교동 395-2
전   화 02)338-7224
팩   스 02)323-4180(편집) 02)338-7221(영업)
전자우편 moonji@moonji.com
홈페이지 www.moonji.com

ⓒ 조인선, 2010. Printed in Seoul, Korea

ISBN 978-89-320-2062-4

문학과지성 시인선 378

노래

조인선

2010

시인의 말

무슨 생각이 그리 많은지
새 한 마리 한참을 앉아 있다.

2010년 7월 어느 날
조인선

노래

차례

제1부

사과 한 알

나는 탯줄이 가는 줄 알았다
송아지 탯줄처럼 저절로 끊어지는 줄 알았다
의사는 가만히 가위를 내밀고
나는 곱창처럼 주름진 굵은 탯줄을 잘라냈다

사과 꼭지를 잘라내는 일은 어렵지 않다
탯줄처럼 사과 꼭지는 이제 더 이상 쓸모가 없다
사과 한 알을 떨구면서 나무는 얼마나 아팠을까
배꼽 같은 꼭지가 키워낸 맑은 사과 한 알

몸과 몸이 이어진 줄 하나에 삶이 있었다
죽음은 사랑하는 이에게 보내는 마지막 선물이다
아내의 헝클어진 머리칼을 다듬으며
고생했다고 하자 아내는 베트남 말로 엄마를 찾았다

시를 쓰다

사람들은 누구나 아가미를 가지고 있다
성긴 아가미에 걸러진 모래 몇 톨이 정제된 언어로
저마다의 말씀에 매달려 반짝이고 있다
보일 듯 말 듯 숨어 있는 모래들이 침묵의 결정체
로 빛나는 건
외로움이기 때문이다
어미의 배 속을 나와 울음이 터져 나왔던 것이 언
제였던가
물고기의 호흡처럼 나의 정신은 숨을 쉬고
물고기의 헤엄처럼 내가 뱉어낸 말들이 떠다닌다
물살을 거스르던 물고기 하나 바위 밑에 웅크린 채
떨고 있다
의식의 깊은 구석에 감춰진 단어들이 떠오르는 건
물살을 거스르던 물고기가 솟구쳐 오를 때이다
손을 씻고 정신을 집중하면
물고기들이 저마다의 자세로 내게 몰려온다
의식의 그물망도 없이 걸려든 물고기들이 내 안을
돌아다니고

아가미에 숨어든 의미 없음도 농담처럼 환하게 살
아 있다
또다시 비가 내리고 파도치면 해는 뜨겠지
바람 불어 나무 하나 흔들리겠지
그제서야 나는 아가미 활짝 열어
볕 좋은 곳에 몸을 뉘어 말릴 것이다
모래 몇 알 흘릴 것이다
병든 육체에 또렷한 의식이라니 사는 게 놀랍다

첫사랑

갈 데가 없어 다방에 갔다
레지와 잡담을 나누다 그 짓이 하고 싶었다
흥정을 했지만 쉽지 않았다
내가 집에 데리고 온 첫 여자는 다방 레지였다
쉽게 만나 쉽게 끝났지만
진심으로 사랑하고 싶었다
그리고 한 달 후
결혼하러 베트남으로 향할 때 여동생은 울었었다
집에 오니
아내는 한 장에 삼십오 원짜리 봉투를 붙이고 있었다
나는 아무 내색도 없이
가만히 옆에서 아내를 도왔다

따뜻한 봄날

송아지는 날 때부터 안 좋았다
제 힘으로 젖을 빨지 못했다
사람에 의지해 보름을 넘겼지만
몸은 갈수록 허약해졌다
기적처럼
젖을 빨더니 얼마 후 죽어버렸다
생을 노래하는 건 바람일 뿐
어미는 제 새끼를 오래 찾지 않았다
밤나무 아래 묻어주고
쪼그려 담배 피우며 올려다본 하늘은
구름 한 점 없었다

노래 1
─노무현 대통령 영전에 바침

국화 한 송이 올릴 줄 몰랐네
담배 한 개비 불 당겨 바칠 줄은 몰랐네
그 고통의 크기 감히 헤아리지도 못했네
어제 같던 그 감동 그 환희 내 생에 또 있을까
이렇게 웃는 사진 앞에 두고 절을 하자니
지키지 못해 미안하단 말 가슴을 친다
부디 좋은 곳으로 가시고
다시는 정치하지 마시길
운명처럼 대통령 또다시 되더라도
정의와 원칙이 통하는 그런 세상은 목숨 걸고 꿈꾸
지 마시길
나 같은 삼류 시인이나 되어
한세상 놀다 가시길
혁명, 민주, 인권, 통일도 없는
그런 말조차 사전에 없는 그런 나라에서 태어나시길
엎드려 비나이다

시

어둠이 탑을 부드럽게 한다
탑을 세우던 석공도 밥은 먹었을 것이다
아무리 찾아보아도 문양이 없다
달빛이었나
솔방울 하나 툭 머리맡에 떨어진다

여행에의 초대

밤하늘에 풍선들이 떠다닌다
거울과 무덤 사이를 어지럽게 날고 있다
나비는 잠도 없는지 따라다니고
바다는 멀고 강은 넘쳐흐른다
나는 화살 들어 하나씩 맞춰보지만
풍선 하나 터뜨리지 못한다
손을 떠난 화살이 가는 곳은 마음의 허공
여기저기 폭죽이 터진다
정육점에서는 죽어 있는 고기에 공기를 넣고
음악사에서는 가위를 들어 노래에 옷을 입힌다
어둠은 이제 갈 곳도 없어
동물원에서도 쉴 곳이 없다
떠다니는 풍선은 눈물 하나 맞으면 터지고 말 것을
도시의 꿈은 너무도 병적이다
이제 물고기 하나 손에 들고 집에 가야지
아내와 아이들에게
내 지나온 흔적을 밤새도록 읽어줘야지
밤하늘 별이 빛나고

비늘이 여기저기 빠져 있는 물고기 하나 들고
눈 감고 간다

빛

사랑은 몹시도 잔인하구나
우리 모두
주사위를 던지자
저기 저
새 한 마리
날개를 접고
가늘게 떨고 있네

못

못 하나 허리 꺾인 채 신음하고 있다
갑작스런 충격에 정신을 잃었다
노래하는 자의 생각 없음이 너무도 치명적이다
휘어진 몸은 깨어날 줄 모른다
비가 내린다
급하게 빼어내고 허리를 다시 편다
다시 박으니 또 휜다
해가 진다
생각 끝에 아예 묻어버린다
못은 대가리가 구부러진 채 관 속에 누웠다
별이 뜬다
한 번뿐인 생이
누군가가 박아놓은 못 하나 빼려고 발버둥치고 있다

첫눈

기다리지도 않았는데 바람이 분다
시 쓰는 친구에게서 대딸방을 개업했으니 한번 들
르라는 전화가 왔다
나비 한 마리 허공에 떠 있었다
간판은 위장이었고 지하 내부는 변태를 꿈꾸기에
적당한 어둠이었다
종업원은 문을 잠근 채 예약된 손님인지 확인한다
침묵이 고여 있는 방으로 들어가면 테마는 정해져
있다
혁명은 한동안 숨어 지낸다
사춘기로 뜨겁던 그 여름
골방에서 몸을 활처럼 구부려 성기를 빨았었다
오월 어느 날
대열을 이루어 화염병을 던지며 구호를 외쳤다
한때 전경이었던 나에게 돌을 던졌다
외로운 생이 더욱 막막해졌다
시간은 어떻게 생겼을까
너는 세월이 가도 변함없다며 어머니 혀를 차신다

바람 불어 몸과 마음이 하나 되어 폭발한다면
눈물이거나 정액이거나 타오르는 불빛이거나
새 한 마리 서울 한복판에서 모이를 찾고 있다
서울이 그립다가도 도저히 이곳에서 못 살 것 같은
마음이
집으로 오는 내내 따라붙는다
차창으로 부딪치는 눈송이들이 제 몸을 물로 바꾸
는 시간은 뜨겁다

Seoul

뱀이 모자를 쓰면
거울은 불빛으로 아이들을 잡아먹지만
가슴 큰 여자들은 칼을 품고
천사가 옷을 입고 날개를 팔아
지상엔 더 이상 슬픔이 없네

병든 의자

의자는 아프다
정신이 엮은 척추가 늘 쑤시다
빈 육체에 풍선 하나 매다는 이 없다
구슬 하나 따먹고
나무 그늘 아래 어린 꽃 하나 게우고 싶어도
들어줄 귀가 없으니 저리다
빈 배는 오지 않고 달 뜨면
의자는 바다를 향해 이름 하나 부른다
기다리며 사는 게 지겹다
산이 무너진 자리에 흉터가 깊으니
붕대를 칭칭 감은 의자는
수술실에 들리는 유행가에 침을 뱉고
입원한 걸 못내 아쉬워한다
의자는 아파도 기다림을 알기에
병실에 흐르는 포르말린을 깊게 들이마시며
질끈 눈을 감는다
순간 무너져 내리는 몸에 푸른 잎이 돋는다

십 원

대한민국 최고 부자는 송해 씨란다
전국노래자랑 MC로 여든을 넘긴 나이니 그럴 법도
한 말이다
세상 어디든 돌고 돌아 제자리
한생이 저물면 바람마저 그칠까
그곳에서 꽃이 피고 새가 운다면
세상의 모든 노래는 사실 거기서 거기다
우리 동네 최고 땅 부자가 세상을 떴다
쉰둘에 그가 가져간 것은
염하기 전 입속에 넣어준 반 쪽짜리 동전 하나뿐
이다
저승 가는 여비로 그것이면 족한 것이다
사랑하는 자는 외롭다
그 마음에서 언제나 노래가 시작된다

가수 김장훈 씨

베트남 하노이에는 거지가 많다
한 명에게 돈을 주면 많은 이들이 몰려든다
아예 몇몇은 졸졸 따라다닌다
본의 아니게 마음을 들킨 것이다
가수 김장훈 씨는 기부천사로 알려져 있다
자신은 보증금 수천만 원짜리 월세에 살면서
수익금 수십억 원을 자선단체에 기부함으로
그의 노래보다 더 유명해졌다
내가 대통령이라면 그를 복지부장관으로 쓰고 싶다
그 마음 하나로 그는 자격이 충분하다
그러나 세상은 그게 다가 아니다
거지도 하나의 직업이라면
서울엔 노숙자는 많아도 거지는 흔치 않다
생을 포기한다는 것은 구걸도 필요 없다는 것이다
나무는 아무리 목말라도 움직이지 않는다
기부와 적선은 자신의 전부를 던질 때 진정성이 있다
중국 계림(桂林)에서 만난 한 거지는
자신의 존재를 보여준 것만으로도
계림의 수려한 수만 봉우리보다 기억에 남아 있다

거짓말

이제 두 돌도 안 된 딸아이가 거짓말을 한다
언니를 사랑하냐고 얼만큼 사랑하냐고
하늘만큼 땅만큼이라며 두 손 모아 데데거린다
이제 언니 목마 태우자고 하자
딸아이는 아니야 아니야, 라며 발버둥친다
사는 게 우습다
요 몇 년 사이 사기 전화가 극성이다
이어지는 대화에 유혹은 끈질기다
세 치 혀를 놀려 먹고사는 세상
오막살이라도 내 집이 편한데
혼자서는 살 수 없다
내일은 누구한테 무슨 말을 해야 하나

빈터에 거울이

감옥이 있고 비수가 있으니 진화론은 주간지만큼이
나 진부하다

이슬은 스스로 나와 생각 하나 만들고 물고기는 새
와 피를 나눈

형제니 원숭이는 너무도 뜨거워 거울에서 뛰쳐나왔
지 회색인은

믿음과 불신으로 살지만 집이 늪이니 어디든 불안
하고 자라지 않는

털이 슬프다 바람이 분다 무얼 믿는가 의심도 없이
없으니 없었으니

없을 것이다 점점이 박힌 불티 말고는 잊힌 노래
말고는

벌

꿀 내음 나는 곳이라면
어디든 마다 않고 가는 너는
위기의 순간
침 한 방 쏘며 말한다

이것이 나의 삶이었나

제2부

파리

꿈은 늘 제자리에서 맴돈다
적당한 거리와 시선이 만들어낸 착각에
세상은 떠 있다
밥상머리에 달라붙은 파리들은
한시도 가만 있지 않는다
자유로운 어둠을 뚫고 생겨난 생은 얼마나 매혹적
인가
파리채를 들고 가까이 가자
죽을 놈과 살 놈이 구별되지 않았다

목숨

파리 한 마리 잡으려 한다
고독을 훼방하는 그대를 죽이려 한다
손뼉을 쳐서 잡으려니 손님 마중 나간 격이지만
부지런히 자리를 옮겨 눈길 떼지 못하게 한다
입 다물고 찰나일지라도 경건해야지
살아보려 도망가는 모습이
두 손 모아 비벼대는 몰골이 나였는지도 몰라
힘차게 두 손 모아 손뼉을 친다
발등을 간질이던 연애편지의 떨림
얼굴을 자극하던 애무의 홀림
잡지 못해도 그만인 파리 한 마리
찬바람 불면 어디론가 가겠지
향기 하나 없는 너를 나라 하면 어떨까
손바닥 얼얼하게 하고 천장에서 꼼짝 않는다
나는 생을 담보로 어디로 가야 하나
저나 나나 존재는 마찬가지 얼마나 답답했을까
담배 물고 창을 여니
목숨 하나 헬리콥터 소리를 내며 날아오른다

하루

주무시는 모습이 어둠을 닮았을 뿐
영정 속 미소는 여전하시다
입관이 끝나고 울음이 터졌지만
사촌 누님의 몸부림도 있었지만

노래 2
— 김대중 대통령 영전에 바침

삶과 죽음이 없는 곳이 어디 있을까
고통과 슬픔에 향이 피어오르듯
언어가 침묵으로 살아 있는 공간이 내 안에 있을까
밥상 앞에 두고 왜 이리 초라한지
백지 위에 쓰인 행동하는 양심 자꾸 지운다
눈빛 하나면 족할 것을
눈물 한 방울이면 다 아는 것을
몸도 성치 않은 장남이 올리는 꽃 한 송이
자꾸 떠올라 잠 못 이룬다
나이 마흔이 넘으니 양심이 때론 슬픔도 없고
처자식 생기니 행동 하나하나 흔적도 없다
사과 한 알 햇빛 받아 익어가듯이
바람 앞에서 그만큼만 마음 가는 대로 살고 싶었다
운명 따라 사는 것도 고달프지만
한 줄의 시구에 나의 절망은 지울 수 없는 노래가
된다
　내 나이 스무 살 운명처럼 각인된 책 하나 있어
　당신이 가신 날 새벽이 다 되도록 그 마음 하나 피

워보려

　가슴 쓸어안고서 백지 위에 버려진

　행동하는 양심 쓰고 또 쓴다

생을 먹다

산낙지 두 마리 접시 위에서 한몸이 되었다
토막 난 몸뚱이가 접시 밖으로 기어나가려 필사적
이지만
엉겨 붙은 몸이 토막 난 정신을 이어주지는 못한다
욕망의 모습인지 초장에 묻어 피 칠을 한 생의 변신
입속에 달라붙은 낙지의 둥근 빨판은 쉽게 떨어지
지 않는다
힘에 겨운지 움직임도 시들해지면 갯벌 속 구멍 들
어가듯 목구멍으로 넘어가지만
죽음도 생이기에 피할 구석은 어디에도 없다
영화 속 주인공은 산낙지 한 마리 통째로 입에 넣
었지만
그게 어디 쉬운 일인가
한생을 통째로 먹기엔 침묵의 범위가 턱없이 작다
젓가락질도 서툴러 잡히지 않는 낙지의 몸은 뼈도
없기에
부러질 생에 대한 고민도 없어 보여
입속의 내 혀와 엉겨 붙은 낙지들은 자신의 몸값을

헤아리게 할 뿐

  나는 반성 따위는 하지 않는다

  쾌락은 몸의 반응이 이루어내는 만족감에 불과하
지만

  그게 없다면 세상살이 얼마나 팍팍할까

  돈을 건네고 돌아보니

  허기진 내 정신이 한 접시를 비워냈다는 욕망이었
던가

  내 속에 든 물고기들이

  바다에서 배가 뒤집혀 물고기 밥이 되었다는 어부
의 노래가

  될지도 모른다는 생각에 서둘러 식당을 나왔다

손

안성시 일죽면에 아주 작은 카센터 젊은 사장의 손
을 본 적이 있다
장갑을 벗자 기름때에 찌든 손이 번들거렸다
악수를 해보면 알겠지만
몸으로 먹고사는 이들의 손은 대체로 크고 굵다
세상을 이루는 바닥이다
젖소 십오 년 사과밭 십이 년
지금은 몰락한 부잣집 막내로 태어나
고생하신 어머니 손가락은
마디마디 뼈가 튕그러져 있다
집을 떠나고 싶을 때 어머니는 그 손으로 나를 잡
으셨다
가만히 보니
담배에 찌든 가운뎃손가락 끝마디는
펜을 쥘 때도 일치하는데
내 정신이 시가 되는 곳도 이 자리였다

생활의 발견 1

딸아이는 유치원에 가기 싫어했다
아내는 공장 생활이 쉽지 않다고 했다
소도 자리를 옮기면 한동안 스트레스를 받고
무덤가에 핀 할미꽃도 자리를 옮기면 여간해 살지
못한다
한 달이 지나자
딸아이는 가방 메고 앞장선다
아내는 공장에서의 일상에 즐거워한다
친한 친구들의 이름을 부른다
생활의 힘은 거기서 나온다
친구는 어머니마저 돌아가시자
국제 결혼에 대해 이것저것 물어왔다
무조건 양보하라 했더니 시무룩하더니만 웃는다
소는 웃을 때 소리가 없다 윗니 없는 입만 헤 벌린다
딸아이가 똥 쌌다고 유치원에서 연락이 왔다
가보니 울고 있는 딸아이를 친구들이 다독여준다
그다음 날도 딸아이는 가방 메고 앞장을 섰다
노래 하나 흥얼거리며

생활의 발견 2

감자의 싹은 눈에서 나온다
움푹 들어간 눈을 찾아 쪼개 심으면
수도 없이 하얗게 꽃을 피운다
상처의 힘이다
고구마는 줄기를 길게 누이고 잎만 세우면 된다
젖은 뿌리를 내려 잎이 되살아나면
고구마는 꿈처럼 영근다
한몸에서 여러 형제가 나오지만
나는 늙으신 어머니 몸에서 전혀 흙냄새를 느끼지
못했다
흙과 하나 되어 계신 모습을 너무도 당연히 생각했다
씨를 뿌려 싹이 나면 보람이 얼마인지
영글어 수확하면 그 기쁨 얼마나 큰지
돈이 얼마인지만 헤아릴 뿐이었다
이제 적잖은 나이 되어 땅을 일구니
나 얼마나 어미 가슴에 못을 박았는지 조금은 짐작
된다
내가 부른 노래는 꼭 그만큼의 어머니 눈물이었다

어머니 이제 그 노래 들으시며 살며시 미소 지으
신다

수행

모자를 눌러쓴 노인이 쓰레기를 줍는다
티끌 하나 놓치지 않으려 부지런히 손을 움직인다
노인은 마냥 제자리였지만
노인이 지나온 뒤편은 사람들의 움직임 속에
조금씩 더러워졌다
노인은 다행히 뒤를 돌아보지 않았다
노인이 주웠던 것은 시간이었고 노인이 지나온
길은 지상에서 가장 깨끗한 길이었다
저만치 모자 쓴 일행이 소리치자 노인은 주저 없이
고개 돌려 가고
한 아이가 급한지 바지를 내리자
노인이 있던 길은 더욱 깨끗해졌다

표적

마당에 쥐 한 마리 떨고 있다
눈이 마주치자 필사적으로 기어간다
상처뿐인 몸 숨길 곳 마땅찮다
선택의 고통도 없이
망설임도 없이
한 번은 사랑
한 번은 어둠
그리고 한 번은 떠오르지 않는 시에 대하여
사정없이 내 머리를 겨냥했다

인터넷 정육점

달력을 넘기다 손이 찢어졌어요
어머니가 웃으시며 붕대로 감싸주셨어요
애야 시간은 날카롭단다
강아지 밥 주다 정신과 의사와 한바탕 붙었어요
아버지가 웃으시며
개좆같은 세상 아등바등 살지 마라
공원에서 가족사진을 찍으니
어머니 아버지 안 보이고
나는 하얀 꼽추가 되었어요
고기 사러 갔다가
손이 의사이며 달력이고 강아지인걸
내가 밥인 걸 알고
주렁주렁 어제 꿈에다 노랗게 새겨놓고 한참 울었
어요
공원엔 풍선들이 많았어요
피가 말라붙은
어깨가 축 늘어져 떠 있는
알 수 없는 소리들

노란 풍선

그 누가 띄웠을까
나는 사랑을 하면서도 그대를 모르고
꿈을 꾸면서도 호흡을 멈추지 않았지요
거울을 보니
그곳엔 반짝이는 모래가 있었어요
툭 건드리면
빵빵한 얼굴과 병 속으로 빨릴 것 같은
거울을 깨뜨리고 한참을 웃었지요
그렇게 내 속에서 못다 한 노래가
눈만 뜨면 그대처럼
자꾸만 흘렀습니다

날개

어둠이 오면 세상이 물속 같아 물고기 된다
한낮의 치욕에 더워진 몸
한 입 한 입 띄어 쓴 언어가 생을 띄운다
백지 위에 떨리는 의식 사이로
체온을 지키던 언어의 비늘이 은빛으로 빛날 때
내 몸을 흔드는 미세한 파동은 바람일 뿐이다
별이 떠올라 수면 위로 고개 내밀어 바라본 세상은
어느새 창살 쳐져 있지만
고독만이 생을 자유롭게 한다
단언하건대 어둠이 없었으면 생도 없었다
침묵으로 턱을 괴고 생각에 잠기면 내 몸이 물속이다
손끝이 지느러미 되어 꿈틀거리면 사랑은 시작되
지만
내 속의 또 다른 나는 잡을 수 없는 물고기 되어 멈
추지도 않는다
노란 풍선 속 꿈이었나
호흡도 가빠지면 몸이 떠올라 상상처럼 현실을 살
지만

누구도 아는 이 없어 답답할 뿐
노래가 울려 퍼지는 하늘에
푸른 등을 가진 물고기 하나 날아다니고 있었다

공원에서

쇠창살 너머
빛이 고여 있는데
전봇대 위에
검은 새 두 마리
어디가 아픈지 떨고 있는 정오

빈 배 가득 허물이

못 갈아 손끝 찌르면 흐르는 사랑
흔적도 없이 밤이 오면 울었네
멍든 손톱에 별이 빛나고
갈라진 손바닥에 빛을 꼭 쥐면
그대는 서서히 잊혀갔네
내가 원한 건 뱀이 아니라
아무것도 모르는 그대뿐
더운 열망이 식는 게 두려웠지
이제 내 몸을 덮은 비늘을 벗겨
그대 눈썹에 곱게도 붙여
내 사랑 보내드리리
부디 날 모른다 하시면
아주 내 사랑 띄워주시길

모기

잠도 안 오고
모기 한 마리 방 안에 가득하다
지겨웠는지
에프 킬라를 뿌리고 오 분 후에 들어가
불을 켜고
아무리 둘러보아도
찾으려는 목숨이 없다
슬픔도 없어 다행이었다

타조의 꿈

눈길은 위험하다
발자국 하나 남기기 쉽지 않다
바람이 불어야 한다
언젠가 보았던 타조의 몸집은
하늘을 날기에 너무 컸다
시는 가볍게 하늘을 빙빙 날다
눈길에 발자국 새기는 일이다
급하게 눈 내린다
뒤돌아보니
여기가 처음 그 자리였나

저수지에서

얼음낚시를 보는 재미가 쏠쏠하다
얼음에 구멍을 내고 입질을 기다리는데
살얼음이 낄 때마다 채로 걸러주고
지렁이들이 얼지 않도록 수건으로 감싸는 마음이
여기저기 남아 있다
찌를 들어 확인하고 기다리는 마음이 간절하지만
그래도 뭔가를 낚는다는 건 쉬운 일이 아니다
나도 한때 허공에 대를 드리우고
떠오르지 않는 시를 기다린 적이 많았다
외로움이 제 가슴에 구멍을 낸다
바람이었나
온몸으로 대를 들어올리고
물고기들은 얼음 위로 떠오르면 시가 될 듯도 했지만
둘러보니
몇 마리 붕어들이 손바닥만 한 얼음 위에서
살얼음이 낄 때마다 뒤척인다
하나둘 집으로 돌아가고
여기저기 구멍 난 상처가 환하다

알

닭장을 나온 닭이 한겨울 알을 품고 있다
얼어붙은 알들을 온몸으로 녹이고 있다
닭은 눈 쌓인 풀섶을 쉽사리 떠나지 않는다
닭을 잡으려 하자 알만 남았다
봄이 와도 알은 깨어나지 못하리
나는 한때 시를 품고 살았다
세상에 빛 한 번 보지 못한 시를
십 년 넘게 가슴에 품고 살았다
침묵의 고통도 없이
하나 나는 닭처럼 온몸으로 품지 못했다
죽어 있는 알을 살았다고 믿지 않았다
그저 내 새끼거니 여기기는 했지만
나를 키우는 어미인지는 몰랐다
검은 닭이 몸이 커져가자
어머니는 작심한 듯
따스한 봄날 잡아먹자 하셨다

제3부

사랑 1

다리는 떠 있고
아래
광기가 흐르니
삶은 경계를 벗어나 있네

사랑 2

어느 맑은 날
겁 많은 나도 개새끼처럼
강간할 수 있다는 자신감에
치를 떨었습니다

길을 찾아서

세상은 문자로 덮여 있다
다섯 살 된 딸아이가 제 이름 쓰고
동물 이름 과일 이름 하나씩 불러본다
뜻도 모를 노래를 흥얼거린다
문자로 덮인 세상이 얼마나 경이로운지
아이는 이건 뭐야 저건 뭐야 자꾸 묻는다
대답이 어려웠는지 아내는 나에게 핀잔만 준다
보이지 않는 것들이 세상을 지배한다면 아이는 철
들어 있을까
뜻 모를 밤이 오고
집 떠나 헤매는 마음은 어디로 가야 하나
창가에 걸린 낙엽 하나 떨어지자
달이 보인다
꿈결인지 아이가 잠꼬대한다
바람이었을까
나무 하나 온몸 뒤집으며 뒤척이는 밤이었다

책을 읽다

책에서 건져 올린 물고기 하나하나 나무에 건다

말라가는 몸속에 가시가 녹아든다

이파리마다 숨는다

찾기가 쉽지 않다

책을 읽으면서 느끼지만

언어의 비늘이 의식의 흔들림으로 변하는 건 물고기를 닮았다

행간으로 이어진 그물 사이사이 고개를 내미는

물고기 눈동자가 손맛처럼 느껴질 때 생각이 떠오르는 건

놓치면 커져버릴 아쉬움 때문인지도 모른다

어렵게 얻은 자식만 귀한가

물고기 하나 싱싱하게 퍼덕이면 잠도 안 온다

나무를 보니 그 많던 물고기 어디로 갔나

나이 마흔셋 돌아보니

불타오르던 시절은 가고 누군가 세상은 재만 남았다 한다

물고기 하나 손에 들고 나 서 있다

스스로 눈멀어 딸아이 잠든 줄도 모르고 책 읽어
준다
　점자처럼 희미한 세상 손끝으로 헤아리니
　만져지는 건 거대한 물고기 눈동자를 감싸던 투명
한 눈꺼풀이었다
　타다 남은 비늘 몇 조각이었다

노래 3
— 용산 참사 희생자에 바침

죽음에도 격이 있는지
온전히 마음 바쳐 시 한 편 올리기 이리 어렵다
꽃피고 단풍 물든 산허리 패고
덫에 걸린 쥐 한 마리 불 당기던 사내의 미소가 떠
오르고
차도에 눌어붙은 살가죽이 생각났지만
비닐 한 방울에 손을 덴 그 아픔이 부끄러워
죽은 자의 입을 빌려 산 자에게 말하기 쉽지 않다
서울이야 가깝지만 용산은 왜 그리 먼지
개그 콘서트의 웃음은 왜 그리 쉬운지
때론 삶조차 멀고 우스워 마음만 들떠 있다
망각은 일상의 힘이라지만
모든 죽음은 내 삶의 일부인데
나의 역사에는 왜 피비린내가 없을까
못다 한 슬픔 하나 피워 물고 고개 숙여도
두 손에 묻어나는 해골의 흔적이 낯설기만 하다
나의 절망은 이렇게 시작해 끝나가지만
거기였나

여기였나
비명처럼 절박한 시가 이 세상 어디 있을까

신성한 숲

내 가난한 정신이 기거하는 숲으로 가면
나무마다 물고기 걸려 있고 그 밑에 비늘이 수북
하다
말갛게 속이 빈 물고기들은 어둠을 한 입 한 입 오
물거리며
자신만의 언어를 허공에 뱉어낸다
떠다니는 언어는 물고기의 광기 어린 사랑이다
나는 슬픔을 꾹 참고 나뭇잎 긁어모아 물고기 하나
덮어주었다
숲은 언제나 바람 불어 좋았다
내 사나운 정신이 가쁜 호흡뿐이었지만 허공에 떠
있는 말들이
물고기의 것인지 내 것인지 숲에서는 분간이 어려
웠다
사랑은 늘 그랬다
나의 즐거운 여행이 물고기 하나하나 호명하지 못
했지만
숲은 밤새도록 나를 지켜주었다

촛불 들고 둘러보아도 달콤한 열매는 어디에도 없다

오로지 물고기의 거친 호흡이 있을 뿐

생은 온전한 정신에 속하지 못한다

나무들은 외로움을 버텨내기에 물고기들을 길러
준다

비가 내리고 바람이 불면 내 정신은 물고기가 그리
운지

해 저무는 숲으로 간다

언제였던가 살아난 듯 깨어보니 머리맡에 물고기
하나

불에 그을린 채 가쁘게 호흡하고 내 사랑은 깨어날
줄 모른다

나팔 소리

나팔 소리로 결혼식은 시작되었다
10초간의 짝짓기와 2달러의 예물 교환
신부를 등에 업고 몇 걸음 옮김으로 끝이 났다
아쉬움은 손을 잡고 빙빙 돔으로 마무리 되고
3천 원짜리 손수건을 비싸게 사줌으로
신부들과의 영원한 이별은 시작되었다
중국의 소수민족인 이들은 한족에 밀려 이곳 깊은
골짜기까지 들어와
논을 만들어 벼랑 같은 생존을 이어갔다
지금은 어디에도 물을 끌어오던 대나무가 없다
이들은 관광객들을 상대로 생활하고
비루함도 오래되면 천성이 된다
이제와 보니
초콜릿을 달라며 미군을 따라다닌 아버지와
로또를 사며 번호를 맞춰보던 나는
그곳의 사내들처럼 시작을 알리던
나팔 한 번 불지 못했다

오월

금고는 심하게 녹슬어 있다
겨우 여니 해골에 꽃 피어 있다
어느 정신이 해탈한 것일까
뽀얀 백골이 향기로운데
생쥐 찍찍거리며 왼쪽 눈에 얼굴 내밀고
뱀 하나 오른쪽 눈에서 기어 나온다
죽어서도 영혼을 비워내지 못하고
맑은 꽃 하나 게워냈다
금고를 겨우 닫고
얼굴을 더듬으니
열꽃이 피려나
온몸이 심하게 흔들리고
저 멀리 기차는 피곤한 듯 멈췄다

불온한 밤

내 몸이 자꾸 커져가요
돌이 위장 가득 채워지니
다리에 붉은 혹이 돋아요
성냥개비에 침을 묻혀 싹을 틔우고
깨진 유리에 피를 발라 얼굴을 비춰요
두 눈에 우주의 기운이 서려 있고
입 하나에 빙하기에 멸종된 생물이 다 들어와요
아 내 몸이 자꾸만 무거워지는데
내 겨드랑이에 무슨 가려움이 이리도 끈질긴가요
쇠 구슬 하나 귀에 넣고 흔들거리면
목이 길게 늘어나 구름을 뚫고
발바닥에 두꺼운 쇠못을 박으니
손가락이 쭉쭉 성을 휘감지요
나는 깨진 찻잔을 풀로 동여매
연한 엽차 한 잔을 마시지요
살려면 배고픈데 죽으려면 힘이 생겨요
심장이 아픈가 봐요
내 몸에 누가 호흡을 넣어준다면

한 줌의 가쁜 입김을 불어넣으면
나는 뻥 터질 거예요
그러면 뇌수가 흘러넘쳐 하늘 가득 빛날 거예요
내 몸이 이제 보니 없군요
없어요 안 보여요 안 들려요
내 몸이 나를 배신한 순간
나는 가볍게 날아갑니다

출항

무의식의 세계에 배 하나 띄우면
신화가 없는 내 몸에 돛이 오른다
출렁이는 검은 술잔에 입술을 대는 그대의
검은 위장엔 독이 있으리
전진하는 뱃머리에 용머리를 새기고
후미에는 힘찬 기적이 피어오르고
검은 연기에 뿔이 큰 괴물이 나를 반기네
이곳은 늘 감옥에서 내다보던 곳
처절히 몸부림치는 자유에 핀 노래의 꿈
온갖 치욕의 깃발이 나부끼고
징 소리 꽹과리 소리에 피리를 부는데
바람이 휘몰아쳐 내 몸을 띄운다
전진이다 앞으로 갓
허무의 덫이 그물 쳐져 있지만 두렵지는 않구나
거지의 냄비가 가로막고 섰지만 피곤한 기색이 역
력한데
　내 몸은 사뿐사뿐 버선마냥 춤을 추고
　황홀한 정신에 취해 자꾸만 달아난다

돛대에 누가 올랐나
누가 내 입술에 잔을 대었나
까마득한 손끝에 뜨거운 침묵이 출렁이고
기다림은 나의 집이었지만
아 이곳이 그대와 헤어진 내 고향이라오

동물원에서

거지가 없다
살아 꿈틀거리는 구걸이 없다
울타리에 갇힌 일상이
햇빛에 시든 오후
출입구는 봉쇄되었고
갈라진 시간 속에 박제되어 떠 있다
서로가 서로를 재미있게 보는데
누군가 급하게 뛰어간다

마흔 그리고 셋

세 살 된 딸아이가 엄마가 말하는 대로
또박또박 베트남 말을 한다
따라 하는 품새가 나보다 낫다
다섯 살 된 언니와 싸움을 할라 치면
덤비는 품새가 지 언니 못지않다
고집도 세다
내 나이 세 살 때 나는 어땠나
마흔이 지나고 나도 세 살이다
경험보다 나은 선생이 없다 하지만
세상에 나보다 못한 사람은 한 사람 없다
장난감도 싫증났는지 자꾸 나가자 한다
이를 어쩌나
세상에 널린 장난감이 나에게 눈짓한다
자연스럽게 시 하나 써보라고
세 살이 되어

봉투 붙이기

한 장의 종이가 물건을 담는 봉투가 되려면
정해진 규칙에 따라야 한다
양면 테이프로 종이와 종이를 연결하고
윗면에 두꺼운 종이를 붙인 다음 접고 이어 붙이고
옆면의 각을 잡아야 한다
손놀림이 빨라야 일이 쉬운데
나에게는 여간 고역이 아니다
밑면에 두꺼운 종이를 대고 양면 테이프로 고정시
키면
손잡이만 만들면 종이 가방은 완성된다
한 장에 35원인데 종류에 따라 크기에 따라 약간
다르다
혼자 열심히 하면 하루에 삼백 장은 붙인다
서울 살 적 어머니는 가죽 쪼가리를 붙이셨다
신문지에 가죽이 붙는다는 게 조금도 이상하지 않
았다
아내의 손가락에 반창고 투성이다
종이에도 손을 벤다는 사실이 아프다

화장실 가려고 일어난 새벽
건넌방에서 종이 접는 소리가 들린다
개 짖는 소리도 없는 겨울이었다

물속의 언어

아내가 모국어로 말할 때면 한 마리 물고기 같다
베트남의 더운 열기에 꿈틀거리는 늪 속의 열대어
같다
결혼한 지 육 년이 지났어도 그런 아내는 싱싱하게
꿈틀거린다
오래전 물속에서 바라본 세상은 내 머릿속에만 있
었다
숨을 참고 까치발 서며 물 밖으로 나오던 순간 내
속의 언어는
물고기의 그것처럼 둥둥 떠올랐다
시집와 아내는 얼마나 답답했을까
때마침 해도 저물어 친정 엄마와 통화라도 할 때면
아내는 어항 속 금붕어처럼 몸이 작아졌다
나나 아내나 밥에 대한 유혹은 생의 감옥
말싸움 한 뒤 한동안 대답을 피하는 아내는 감옥을
탈주하는 물고기 같았다
삼천 개의 섬이 하늘에서 내려왔다는 고향 하롱베이
아내의 아비는 고기 잡는 배의 선장이었다

언젠가 텔레비전에서 먼 곳의 어미를 그리워하는
딸을 보면서
　아내는 저수지의 오리처럼 고개 숙이고
　물속을 한참이나 보고 있었다

꽁치 한 마리

꽁치 한 마리 온전히 먹기가 쉽지 않다

아무리 허기진 식사라도 머리와 지느러미마저 살 바르기가 쉬운 일은 아니다

등뼈가 앙상하게 드러난 꽁치의 바다는 접시에서 말라 있지만

구워진 몸이 찢어진 살점들이 푸르른 등을 이루었다는 사실은 변하지 않는다

떼를 지어 몰려다니던 영혼이 누군가에게 잡힌 것은 생의 우연인가

숨 차오르던 바다의 광장이 내 몸과 통할 줄이야

허겁지겁 먹어치우기엔 꽁치 한 마리 보일 것도 없지만

배부르고 숟가락 놓으니 꽁치 한 마리 배 속에서 꿈틀거린다

내가 부르던 파도의 노래들이 이 속에서 나왔다면 누가 믿을까

밥 한 그릇 비워낸 꽁치 한 마리 똥으로 버리기엔 너무 아까워

밤새도록 바다에서 놀았다면 당신은 믿을까
모든 생은 물고기 하나 잡으려는 몸짓인지도 몰라
어둠을 맞는다
늦은 밤
백지 위에 이겨진 상처들이 떼를 지어 몰려올 때
푸르른 생은 그렇게 빛나고 있었다

가지치기

모든 것은 때가 있는 법
생각이 길면 일이 안 된다
가위와 톱을 들고 한 바퀴 돌아보고
큰 가지를 잘라낸다 지난해
바람에 찢어진 가지가 말라 있다
너무 가까워도 볼 수가 없어
꽃눈이 온 자리의 간격을 확인하고
웃자란 곁가지와 잔가지를 쳐낸다
빛은 어느 곳이든 드나들 수 있지만
바람이 통하는 공간 확보도 중요하다
돌아보니 마음을 비운다고
밑동까지 자를 순 없지 않은가
사랑한다고 꽃눈마다 열매 달 수도 없다
달콤한 열매 하나 제대로 먹으려면
거름부터 주어야 한다
이제 다시 시작이다
내 마음에 나무 한 그루 환하다

제4부

엽서

이국으로 시집온 아내는 밤마다 울었다
길도 없이 함박눈이 쌓이고
붉은 고추 누런 콩 마당 가득해서야
어설픈 농담과 미소 짓는 어미가 되었다
어느 날인가
도박 아닌 결혼이 어디 있냐며 놀래키더니
돌 안 된 둘째 두고 공장 간다 하더니
코스모스 한 잎 두 잎 꿈도 꾸었다
돌이켜보건대
생활의 바닥에서 떠오른 가난한 사랑이여
이제 그대 눈길 머무는 곳마다
아이들의 웃음소리 환하게 달 떠오른다

퍼즐 게임

한 조각 한 조각 짜 맞추는 딸아이의 모습이 진지
하다
세상을 움직이는 힘인지 짓고 허물고 다시 짓는 놀
이가
아이의 두뇌를 향상시킨다고 이면에 씌어 있다
비어 있는 세상에서 바람이 온다
잃어버린 퍼즐 한 조각의 존재는 여전히 여백으로
남았다
그곳은 존재에 대한 기억이 그림자처럼 오는 곳
내 안의 바람은 내가 모르는 세상에서 오는데
생각에도 퍼즐이 있다면 정신이상자들은 어디에서
어긋난 것일까
완전한 생이 있기는 한 걸까
빈 들판에 새들이 부지런한데 날아오르면 까마득
하다
제 속에 바람을 넣고 사는 물고기들이 수면 위로
튀어 오르는 어스름 녘
뜨거운 바람이 눈물이라는 믿음은 덧없다

세상에 없는 것들이 세상을 뒤덮는 날은 축제의 마
지막일까

붉은 해는 제 할 일 다 마쳤다는 듯 지고

어둠 속에서 단어 하나하나 긁어모아 여백을 채운다

내 몸을 구석구석 휘감는 바람 속에서 손끝이 환하
게 타오르고 있었다

봄

빈 배에 개구리들이 모이고
섬이 가라앉아
아폴리네르가 발 동동 구르며
회중시계를 돌리네
광장에 비둘기 가득 날고
병원엔 후회가 가득 쌓였네

합창

너의 눈동자는 가늘다
집단 폭행의 후유증이다
파란 알약 하나와 하얀 가루를 섞어 만든
네 검은 노래를 나는 잊지 못한다
음모는 숭고했다
한때 사랑했던
너의 혓바닥을 끄집어낼수록
푸른 잎에 갈라진 달이 기어나온다
병원은 오늘도 휴무란다

창에 끼인 채 웃다

수은이 깔린 어둠에 나를 비춘다
흑인이 거기 있다
바다 깊숙이 가라앉은 돌은 귀가 먹었고
용암에 덮인 산 짐승은 눈이 멀었다
빛은 내 몸을 토막 내고 숨는다
어두운 내 몸에 누가 들어왔나
사랑은 창과 창 사이에 끼어 있다
마음이 틀을 만들고
형상은 물거품이다
뽀글뽀글 솟아오르는 것이 언어였구나
물고기의 비늘을 벗기면 거울이 깨지는 줄도 모르고
그대 마음 벗기려 그리도 애를 썼구나
어둠 밖은 고요하다
빛의 안쪽은 늘 비어 있다
나는 결핍과 허기에 시달린 채 너를 탐했다
물방울 하나 따먹으려 나 멀리도 와 서 있다

표본

잊힐 수
눈감을 수
썩을 수 있다는 것은 얼마나 아름다운가
박제된 부엉이 하나
똥도 솜인지 존재의 흔적이 없다
귀 아닌 귀에 먼지만 쌓여 있다

북어

무명실에 둥둥 감긴 북어 한 마리
눈 뜨고 말라가네
고수레 소리에 뻗친 희망 배 속에 꽉 채웠을 텐데
마른 장작처럼 좀버섯 하나 피우지 못하고
새벽이슬 한 방울 호흡 못 하고
눈뜨고 말라가네
빛이란 무엇인가
토막 날 몸뚱이 오랜 세월 말려
끝내 추억 뒤로하고 흠뻑 두들긴 채 갈기갈기 찢겨
다시 짠물 속에 빠질 생이여
저 북어 보면
눈뜨고 말라가신 할머니 그립고
꽁꽁 얼어붙었던 동태 같던 내 지난 세월도
줄줄 흐를 것 같아
한적한 읍내 식당 푸른 벽에 걸린 북어 한 마리
눈 뜨고 조금은 입도 벌리고

황금 고래

꿈꾸는 몸은 스스로 저주가 되었다
종이 울리면서 사람들이 해변으로 모이고
축제처럼 끌려가지만
모래 위에 붉게 물든 고통의 언어는
조각조각 으깨진 공포에 지나지 않는다
하늘은 늘 높은 곳이었지
사랑은 끝내 바다를 벗어나지 못했네
온갖 악덕과 추문에 시달린 지난밤도
더 이상 욕망으로 빛나지 않으리
찌루루찌루루 갈매기 떼 울면 시작되던
천둥도 황홀함도
이제 견고한 철창이 되었지만
등에 슬픔이 흐르고
꼬리의 문자마저 허공뿐이지만
그대는 알리라
광기 어린 축제는 가고
아늑하고 고요한 저녁이 오면
가슴에 지녔던 붉은 노래들이
가난한 식탁 위에 푸짐하게 놓일 것을

마들렌 파제스*에게

그대 눈빛이 내게 닿아
풀이 눕고 나무가 서고 피가 떠오르지요
자줏빛 입술이 하얗게 파동 일면
내 검은 입술이 응답을 해야 하는데
원래 사랑은 소리가 없어 안타까워요
화분을 뒤집어보면 사랑이 보이곤 하는데
처음엔 이리 지저분한 게 서운했어요
펜으로 찔러보면 쑥쑥 자라나는 게 나는
그대 손톱을 물어뜯고 자꾸만 물어뜯고 엎드렸지요
인연도 만남도 흙속에 파묻힌 손톱이었어요
그래요 이젠 모든 걸 파헤치겠어요
내 몸 구석구석에 묻어놓은 그대의 영혼과 신념을
그리고 허망한 기다림까지
풀을 베고 나무를 베고 피가 나는 내 몸에
기름을 붓고 태우겠어요
날름거리는 저 불꽃이 그대 사랑이란 걸 증명하고
말 거예요
그리고 항아리에다 거울을 넣어 슬펐던 그날을

물 위에 띄우겠어요
노래만 남아 세월은 가고 그대 눈빛도 시들면
나는 그때서야 화분에 핀 내 마음도 보내겠지요
잘 가요 내 전부였던 사랑이여
부디 안녕히

* 시인 아폴리네르의 약혼녀

붉은 어항

거울 속에서 물고기가 놀아요
장난 같은 삶을 지느러미로 만들어요
유혹하는 건 은빛 비늘이 막아주어요
아가미는 진지한 고뇌를 번갈아주지요
그대와 나는 거울 속에서 사랑했지요
짙은 애무와 육감을 나눔도 거울 속에선 쓸쓸했어요
어항은 왜 이리 꿈으로 가득한가
나는 그대를 보내고 한참을 생각했지요
내 몸에 흐르는 붉은 피가 이유일 거예요
어두운 꿈은 맑은 물을 검게 물들이고
거울은 소리 내어 정화시키지요
그대는 언제 오시나요
거울처럼 내 몸이 갈라져 그대 부르니
저기 흰 국화처럼 그대가 오겠지요
이제 거울을 찢고 그대를 내 몸에서 꺼내겠어요
잠시 눈 감고 추억을 만들어
나를 받아주세요

별

잠에서 깨어
어둠이 가라앉은 이른 새벽
화장실에서 담배 피우려
쪽문 하나 열고 바라본 세상은
가로등 불빛이 별이 되어 떠 있다

거칠 것 없는 평화로움이다

어떤 수행

여자는 엘리베이터 안에 남자가 들어서자 고개를
숙였다

갇힌 공간에서 낯선 이와 눈을 마주치는 것은 모험
에 가깝다는 것을 아는지

짧은 치마에 비치는 여자의 몸은 순간 굳어 있다

남자는 여자의 몸을 상상하면서 침묵한다

침묵이 부담스러울까 봐 마음속으로 여자의 등에다
안녕이라 적는다

구석진 곳의 CCTV는 길 잃고 헤매는 자에게 빛이
될 수 없다

배고파 허기진 자에게 한 모금의 구원도 되지 못한다

인연을 믿으십니까 하려다 그만둔다

여자의 고개를 들어 짙은 립스틱을 혀로 확인하고
싶은 충동도 자제한다

찰나에 불어오는 욕정의 바람 앞에 벌거벗은 생이
감옥인 것을 알기에

남자는 여자의 가슴도 엉덩이도 감히 만지지 못한다

유혹 없는 여자는 세상 어디에도 없다는 것을 남자

는 알고 있다

　상상만으로도 죄가 되는 시대

　모든 죄는 언어에서 오는 것을 남자는 사십이 넘어
서야 깨달았다

　여자의 몸에서 짙은 화장 냄새가 난다 죽은 자를
기리는 향인 듯

　마음의 한가운데가 발기하니 손끝에 피가 고인다

　남자는 하늘에 터를 잡아 집을 짓는 목수이다

　땡 하는 소리와 함께 문이 열리고 여자의 가녀린
등에 안녕이라 새겨져 있다

　남자는 마음의 터에 새들을 불러 모아 제 심장을
주면 어떨까 상상하면서

　문이 열리자 주위를 한참 두리번거렸다

노래 4
──태극전사에 바치는 시

간절함이 붉은 바다로 피어났다
꿈이 걸린 태양이 가슴에 녹아내렸다
어둠에 질린 얼굴마다 승리의 빛이 스며들었다
꿈이었던가
광기는 위험하지만 또한 위대한 것
절망이 벽을 치던 역사를 넘어
소외와 공포가 스민 거리를 지나
너와 나는 스스로 깃발이 되어 달려 나갔다
그 누가 꿈이라 했나
보라
이곳은 고난의 반도이며 갈라진 조국
피로 얼룩진 고통이 넘치던 식민지의 땅
압제와 핍박으로 자유와 평등에 굶주린 서러운 고향
하나가 둘이 되고 열이 되어
거대한 함성이 되어
터져 오르는 화산이 되어
공 하나에 모든 것을 날리려고 달려 나간다
이글거리는 승리의 눈빛으로

오! 필승 코리아

태극의 정신이 깃든 민족의 전사들이여!

그대들은

우리의 환희가 불러낸 자유이며

너와 내가 만들어낸 통일이며

갈라진 민족이 모여 만든 해방 그 자체

누가 우리를 갈라놓았나

남녀가 부자와 빈민이 경상도와 전라도가 창녀와

경찰이 사기꾼과 지식인이 그 모든 갈라진것들이

본래 하나였다는 것을 우리는 가슴으로 알았다

태극전사들이여!

그대들의 승리는 아시아의 승리!

고난에 익숙한 모든 이의 승리!

조국 통일을 앞당기는 승리!

아! 인간 해방의 첫발이 아니던가

오! 필승 코리아

아! 우리의 자랑스런 영웅들이여

아름다운 민족의 전사들이여!

공장에서
뒷골목에서
교실에서
술집에서
교도소에서
반도 곳곳에서 외치는 사랑의 증거들이여!

침묵은 너와 나의 대화로 남아

뿔뿔이 흩어지고 벅차오르는 가슴도 쓸어내리고

이윽고 밤은 지나고 노래만 남았지만

모든 것 하나 달라질 게 없지만

나는 알았네 눈을 뜨니

아! 이렇게 살아 있음이 꿈이었음을

한 줄의 연시

붉은 돌에 이름 하나 새기고 드러누운 날개

또르르 이슬 구르는 꽃잎에 가려진 병든 얼굴

달 뜨는 이곳은 귀뚜라미 가득 찬 무덤

녹슨 못이 구부러진 입술로 반성하는 오후 생을 기억함

심장을 두드리던 달빛에 피어난 떡잎 이슬이 오시고

수렁 속 빵빵한 쥐의 가슴에 파고든 사랑

어긋난 시선들이 만들어낸 개구리 울음

바다에 접한 사막이 토해내는 한숨 그 절망의 무게

달팽이를 닮았나 온데간데없는 미소

비둘기 하나 가슴 쥐고 얼어붙은 십일월 고양이는 떨고

파란 병에 하얀 물이 넘치는 붉은 벽 그 앞에 고개 숙인 목각 인형

무당벌레 하나가 요령(鐃鈴) 울리며 휘젓는 하늘

입가에 찢어진 상처를 핥는 사마귀의 또렷한 언어

수천 수만의 새가 몰려오는 너의 입술

잎사귀를 뚫는 바람이 맴도는 우물

암소의 뿔 위에 앉은 고추잠자리 졸리운 듯 끄덕이는 꿈

심장을 뺏긴 소라 고동의 동그란 아픔

두 눈에 묻어난 바다가 일러주는 구슬의 빛깔

화분을 머리에 이고 뛰어가는 달빛

서랍 속에 빼곡한 피 흘리는 이마

꽃잎 입에 물고 배 통통거리는 애벌레 하나

수도승이 지나간 자리에 머문 가슴 쓰린 그믐달

가슴에 새겨진 이름이 떠다니는 노을

죄 없는 지팡이 짚고 절뚝이는 불경

가을이 뜨고 눈빛이 잠기는 풍경 소리들

연꽃 위에 떨어진 눈망울 하나 하늘거리는

가슴이 입술을 찌르고 간 바다

문틈 사이로 비치는 입술의 상처

인연이 끊고 간 자락에 넘실대는 불빛들

백지 위에 이겨진 붉은 내 가슴

바위틈에 묻어놓은 거울에서 스며 나온 뱀의 고뇌

이름 하나 매달고 달랑거리는 햇살

종이배 뒤집힌 자리에 심장 하나 가라앉고

금 간 거울에서 울리는 어둠의 아리아

휘모리장단에 숨 가빠 하는 구렁이의 약속

가시에 새겨진 언약으로 헐떡이는 뿌리

안경에 김이 서리면 고양이 울음이 쏟아지는 밤

유리에 벤 입술에 떨어지는 촛농

눈먼 고양이 파란 열매 깨물어 물들이는 담벼락

새 하나 도망간 내 가슴에 튀긴 물방울 두 개

백지 위에 스민 미소에 떠다니는 눈빛이 고이고

녹슨 잎사귀 달랑 매달고 얼어붙은 어제의 그림자

손끝에 묻어난 목소리 들려 잠 못 이룬 노래들

감추려 애쓴 꽃잎에 돋아난 붉은 재채기들

어둠에 문득 스치는 전생의 비밀

머리에 새겨진 미소 하나 붙잡고 깨어난 아침

꿈 하나 스친 입가에 떠오르는 눈썹

손바닥에 흐르는 슬픈 눈동자

사타구니에 가득 찬 텅 빈 하늘

깨진 풍경 속에서 피 흘리며 헤엄치는 물고기의
희망

한숨이 묻어나오는 파란 달빛

꿈에 사는 암고양이의 전생

조개껍질 사이로 비치는 잔잔한 미소

꿈이 터져 흐르는 곳에 피어난 붉은 입술

이끼 위에 돋아난 해맑은 아이의 눈빛

고양이 어깨 위로 흔들거리는 오월의 정오의 희망곡

별빛이 머물다 들려준 뼈아픈 후회에 관한 보고서

눈 속에 눈 그리고 아픈 이름

현관에 묻어놓은 새의 선물 그 속에 접힌 추억

스커트 자락에 묻어난 내 한숨 지그시 눌러오는 봄

파도를 기다리는 소녀의 두 손에 담긴 약속

눈먼 새 나는 불꽃의 사이버공간

깃발이 울고 간 하늘에 떠도는 노래들

서리 맞은 들국화의 힘겨운 한숨

담장 아래 피어난 달맞이꽃의 가냘픈 손가락

오줌 누는 아가의 볼에 비친 봄 햇살

꿈꾸는 무덤에서 들려오는 부엉이의 슬픈 노래

새의 입김이 목덜미를 찌르고 간 오월

사진에서 돋아난 날개에 요동치는 마음 하나

안개가 춤추는 내 속에서 빛나는 그대의 눈빛

벽 속에 심장이여 파고드는 푸른 눈동자여

파도가 그대 두 눈에 피어나니 가슴에 돌이 흔들
리고

싹이 돋는 나뭇가지에 멍한 새 하나 어디론가 향
하고

별이 아프다 파란 꿈으로

편지함에 묻어난 붉은 입술 짙은 향기에 벤 마음

어둠의 꼭대기에 걸려 있는 빛나는 상처

：

바다 한가운데 떠도는 고래의 슬픈 운명

사랑밖에 난 몰라 난쟁이의 기나긴 깃발의 행렬

창문 틈에 끼어 있는 눈빛들의 합창

얼룩 묻은 편지에 또렷한 눈동자

새벽에 떨고 있는 멍든 자화상

가방 안에 묻어놓은 어둠이 일어서는 손길

꽃병 속에 가득 찬 잊힌 입술

별, 어둠이 할퀴고 간 상처에 돋아난 또렷한 사랑

감옥에 떠오는 터질 듯한 언어들

해변을 떠도는 집 잃은 개들의 노래

달, 산길에 쏟아지는 침묵의 눈동자

시, 벽화에 감춰진 오래전 사랑의 기억들

노래, 어둠을 뚫고 솟아난 푸른 싹의 옹알이

사랑, 달력을 넘기자 터져 나오는 한숨

짝 잃은 벙어리장갑이 구석에서 헤맨 오후

줄지어 선 전봇대들의 힘겨운 일상의 노래

책장 속에 빼곡한 언어의 기다림

도공이 빚어낸 사랑에 빠진 청개구리의 절망

서울로 향한 가로등의 기나긴 고행의 행렬

꿈으로 가득 찬 접시의 지독한 허기

빈 새장 속에 가득한 바람의 깊이

시, 두 눈에 가득한 사랑이 끓어 넘치는 언어의 축제

맨몸과 사회 사이에서 언어의 흔적을 붙잡다

김 창 환

이제 우리는 구술 문화와 문자 문화를 거쳐 이미지가 마치 생명 형식처럼 자신을 증식하고, 복제하고, 변형하고, 매체들을 옮겨 다니며 생존하는 시대를 살고 있다. 시의 영역도 예외는 아닌데, 패기 있는 많은 시인들이 암호에 가까운 이미지를 구사하며 언어 지시를 넘어서는 새로운 의미 영역 혹은 비의미 영역을 추구하는 것이 당대의 경향이라 할 수 있다. 이런 사정을 떠올린다면 이번 조인선의 신작 시집의 차분하고 의식적인 목소리는 오히려 생경하고 낯설다. 미적 전위를 자처하며 전대와의 차별화를 통해 자신의 존재 기반을 확보하는 것이나, 영향에 대한 불안을 품고 지내는 것에는 무관심해 보이는 시인의 자족적 시 세계는 독자에게 기이한 충족감과 불만족을 동시에 안겨준다. 그의 시는 시적 이미지의 역동성과 이를 통한 새로운 세계의 조형으로 우리를 이끌지 않고 완강하게 현실 사회의 입구로 몰아간다. 미워도 다시 한 번, 문학이 사회와 맺는 복잡다단한 접촉면과 상호 교섭을 돌아보게 하는 완고한 고집이 담겨 있다. 이 완고함의 의미와 가치를 따져보는 것이 그의 시로 들어가는 유력한 길 중 하나가 된다. 물론 그것만은 아니다. 그의 시를 통해 우리는 그가 많은 시간 언어의 문제에 천착해왔음을 확인할 수 있다. 언어에 대한 인식에 비례해 깊어지는 그의 시를 즐기는 것도 이번 시집으로 들어가는 좋은 길 중 하나이다.

시집의 앞쪽에 놓인 「시를 쓰다」는 이러한 시를 쓰는 과정에 대한 담담한 진술이다.

사람들은 누구나 아가미를 가지고 있다
성긴 아가미에 걸러진 모래 몇 톨이 정제된 언어로
저마다의 말씀에 매달려 반짝이고 있다
보일 듯 말 듯 숨어 있는 모래들이 침묵의 결정체로 빛나
는 건
외로움이기 때문이다
〔……〕
물고기의 호흡처럼 나의 정신은 숨을 쉬고
물고기의 헤엄처럼 내가 뱉어낸 말들이 떠다닌다
물살을 거스르던 물고기 하나 바위 밑에 웅크린 채 떨고
있다

116

의식의 깊은 구석에 감춰진 단어들이 떠오르는 건

물살을 거스르던 물고기가 솟구쳐 오를 때이다

손을 씻고 정신을 집중하면

물고기들이 저마다의 자세로 내게 몰려온다

의식의 그물망도 없이 걸려든 물고기들이 내 안을 돌아다니고

아가미에 숨어든 의미 없음도 농담처럼 환하게 살아 있다

　　　　　　　　　　　　　　　——「시를 쓰다」 부분

　호흡은 살아 있음을 드러내는 가장 중요한 바이탈 사인
이다. 결정적인 중요함에도 불구하고 그것은 너무나 당연
한 것이기에 대체로 호흡 행위 자체를 의식하지 못하는 경
우가 허다하며 간혹 특별한 상황에 처했을 때에만 비로소
그 중요함이 자각된다. 그런데 시인에게 결정화된 '언어'
는 그 호흡기관인 아가미에 "보일 듯 말 듯 숨어 있"다. 이
는 그의 시가 뿌리를 내린 토양이 맨몸을 지닌 인간의 가
장 기본적인 출발선인 생명이라는 것을 명징하게 보여준
다. 그리고 그의 시집 전체를 고려할 때 그 '생명'은 사회
적 삶을 영위할 수밖에 없다. 그에게 시는 "의식의 깊은
구석에 감춰진 단어들이 떠오르는" 것이다. 무의식이나
제한 없는 상상력의 산물로서의 시를 지향하지 않는 시인
에게 시는 "의식의 깊은 구석"에 있는 것이다. 그는 그것
을 시로 포착하기 위해 "손을 씻고 정신을 집중하"고 기다

린다. 몸을 가다듬고 명징한 의식의 상태에 머물면서 물고기들(의식에 깊이 감추어진 단어들)이 의식의 횡포에 휘둘리지 않고 고스란히 자신을 드러낼 수 있도록 자신을 억제한다. 전유에 대한 욕망 억제, 수신(修身), 명징한 의식, 이런 것들이 이 시인이 시를 짓는 태도이다. 이는 시 창작에 있어서 고전적인 태도이며 그의 시가 지닌 잘 다듬어진 안정감의 기원이다. 일견 오래되고 평범한 시작 태도에 대한 담백한 기술인 이 시가 빛나는 대목은 "아가미에 숨어든 의미 없음도 농담처럼 환하게 살아 있다"라는 한 줄이다. 침묵과 외로움이 응축시킨 결정화된 언어들, 의식의 깊은 곳에서 자신을 절제하며 기다려 고스란히 건져 올린 시어에 아무런 의미를 부여할 수 없다면 어느 누가 절망하지 않을 수 있겠는가? 그러나 시인은 결정화된 언어들 사이의 심연에 깃드는 "의미 없음"이 "환하게 살아 있다"는 것을 받아들인다. 명징한 의식의 끝에서 스스로를 드러내는 언어를 조용히 기다리는 고전적 시인의 태도와 '의미 없음'을 넉넉히 받아들이는 시인의 모습이 차분하고 묘한 대조를 이루며 소극적 모순을 잘 극복해낸 시인의 모습을 떠올리게 한다. 만약 이 한 줄이 없었다면 제사에 가까운 이 시의 가치는 상당히 훼손되었을 것이다.

　그리고 시인의 마음은 일상으로 흘러간다. "또다시 비가 내리고 파도치면 해는 뜨겠지/바람 불어 나무 하나 흔들리겠지/그제서야 나는 아가미 활짝 열어/볕 좋은 곳에

몸을 뉘어 말릴 것이다/모래 몇 톨 흘릴 것이다"(같은 시)
라는 기술이 그렇다. 일상에 대한 수많은 예리한 해석과
의미 부여가 있지만, 한 개인이 일상을 마음 깊이 재발견
하는 것은 '위기의 순간'이나 '상실의 체험'을 통과한 직후
일 것이다. 시인은 방금 인용한 부분에서 일상의 배경으로
보이는 '자연'의 모습을 상상하고 그 일상이 주어졌을 때
결정화된 언어를 다시 길어낼 것을 꿈꾼다. 일상에 대한
이러한 절절한 수용은 "병든 육체"라는 특수한 상실 혹은
위기의 순간을 경험했기에 가능한 일일 것이다. 그런데,
이 대목에서 아쉬운 것은 시인의 그 '일상'도 '제2의 자연'
이며 병들었다 회복된 육체도, 또렷한 의식도 결국 스러질
것이라는 궁극적인 상실감까지 나아가지 않고 있다는 것이
다. 근본적인 상실감과 끊임없이 반복되는 일상이 이루는
반명제적 대조가 팽팽한 긴장감을 만들어냈다면 이 시의
역동성이 훨씬 강화되지 않았을까? 과연 멜랑콜리 없이,
내면의 무한에 대한 끌림 없이, 혹은 일상의 비루함을 넘
어 초월을 꿈꾸지만 그 앞에서 주저하고 망설이는 것 없이
명징한 인식만으로 세계와 시적 대결이 가능할까?

　이번 시집에서 눈여겨보아야 할 점 중 하나는 몸과 생명
에 대한 시인의 관심이다. 이번 시집의 여러 편에서 사회
적 정황을 뚫고 올라오는, 하지만 그것과 분리할 수 없는
생명과 맨몸의 가치가 발견된다. 벤야민의 '바로크 책'과

아감벤의 논의를 통해 강조된 바 있는 맨몸의 가치가 아무런 시적 가공 없이 적나라하게 제시되어 있다.

> 나는 탯줄이 가는 줄 알았다
> 송아지 탯줄처럼 저절로 끊어지는 줄 알았다
> 의사는 가만히 가위를 내밀고
> 나는 곱창처럼 주름진 굵은 탯줄을 잘라냈다
> [……]
> 몸과 몸이 이어진 줄 하나에 삶이 있었다
> 죽음은 사랑하는 이에게 보내는 마지막 선물이다
> 아내의 헝클어진 머리칼을 다듬으며
> 고생했다고 하자 아내는 베트남 말로 엄마를 찾았다
>
> ──「사과 한 알」 부분

사람에게 있어서 '자연'은 '몸'이다. 그것은 피조물로서 우리에게 주어진 바이며, 인간이 지닌 모든 초월적 지향과 어떠한 허위적 총체성으로도 다 가릴 수 없는 것이다. 이러한 인간의 자연성 혹은 피조물성이 가장 적나라하게 드러나는 순간은 출산과 죽음의 순간일 것이다. 가장 신성하게 꾸밈으로써 인간의 피조물성을 가리는 지점이기도 하지만, 나안으로 보았을 때 인간의 자연성이 가장 극명하게 드러난 순간이 바로 그 두 지점이다. 시인은 이 시에서 태어나는 순간을 포착한다. 그리고 "아내의 헝클어진 머리칼을 다듬으며 고생했다고 하자 아내는 베트남 말로 엄마를 찾았다"는 인간의 자연성과 피조물성에 집중하는 듯했던 이 시는 마지막 행에서 강력하게 사회적 상황 속으로 흡수된다. 이것이 조인선 시가 지닌 매력 중 하나이다. 딜타이의 말을 빌리자면, 삶의 직관은 체험, 표현, 시, 역사로부터 생기는 법이다. 직관은 언제나 삶 속에서 그리고 삶과 더불어 있다. 성찰만이 이를 분석적인 분명함과 명백함으로 드러내준다. 방금 살펴본 작품의 경우가 성찰에 해당할 것이다. 시인의 성찰은 맨몸과 그 맨몸을 옥죄고 있는 사회적 조건을 동시에 드러낸다. 우리는 마지막 행을 읽으면서 '베트남 처녀와 결혼하세요' 같은 거리의 현수막 문구에 함축되어 있는 수많은 정치·경제적 이데올로기를 간취한다. 그리고 맨몸이 환기하는 인간 보편성과 자연성이 제2의 자연인 사회와 불가분의 관계라는 사실을 다시 한 번 자각하게 된다.

피조물성, 육체성이라는 측면에서 인간과 동물을 구분하는 것은 쉽지 않은 문제이다. 인간에게 특전을 부여하지 않는다면, 초월적 도피를 깨끗이 접었다면 이제 인간에게는 '동물과 나를 어떻게 구분할 것인가'의 문제가 남게 된다. 시인은 '생명'의 문제에 관한 한 가뜩이나 긋기 힘든 이 구분(인간/동물)에 크게 개의치 않는 것 같다. 그에게는 인간만을 드높이고 싶은 욕망이 없다. 그에게 모든 생명은 동등하고 어떤 생명이든 그것을 잃는 일은 슬프다

(「따뜻한 봄날」). 그리고 '정처없다'는 점에서 모든 목숨은
같은 층위에 놓여 있다.

> 파리 한 마리 잡으려 한다
>
> 고독을 훼방하는 그대를 죽이려 한다
>
> [……]
>
> 향기 하나 없는 너를 나라 하면 어떨까
>
> 손바닥 얼얼하게 하고 천장에서 꼼짝 않는다
>
> 나는 생을 담보로 어디로 가야 하나
>
> 저나 나나 존재는 마찬가지 얼마나 답답했을까
>
> 담배 물고 창을 여니
>
> 목숨 하나 헬리콥터 소리를 내며 날아오른다
>
> ──「목숨」 부분

"나는 생을 담보로 어디로 가야 하나"라는 탄식은 참으
로 오래된 종류의 것이다. 삶이 통과하는 시간을 '길'이나
'여정' 같은 공간으로 치환해서 비유하는 뿌리 깊은 전통
을 우리는 잘 알고 있다. 레비나스의 언급처럼 아브라함의
목적 없는 여정과 오디세우스의 장대한 그러나 집요한 귀
환은 그러한 전통의 양극일 것이다. 낡았지만 함부로 치부
할 수 없는 이 탄식은 그렇기에 약간의 진부함과 진지함을
동시에 감득하게 한다. "생을 담보로" 하는 여정이라면 그
것을 함부로 말할 수 있는 자는 아무도 없다. 그렇기에 이

탄식은 진지하다. '존재'를 거는 것이라면 더욱 그러할 것이다. 그러나 우리는 "어디로 가야 하나"라는 장탄식을 끊임없이 들어왔고 이에 대해 뛰어나고 섬세한 정신들이 제기한 무수한 답변들을 알고 있다. 그렇기에 진부하다. 그의 시적 성취는 스스로 제기한 이 질문을 끝까지 파고들어 자신만의 고유한 답변을 도출하는 것에 달려 있을지도 모른다. 그렇다면 시인이 제시하는 답변은 무엇일까? 우리가 그의 시 세계에서 가능한 답변을 추출해낸다면 그것은 '존재의 변화'를 경험하는 '뜨거운 시간'일 것이다.

> 오월 어느 날
> 대열을 이루어 화염병을 던지며 구호를 외쳤다
> 한때 전경이었던 나에게 돌을 던졌다
> 외로운 생이 더욱 막막해졌다
> 시간은 어떻게 생겼을까
> 너는 세월이 가도 변함없다며 어머니 혀를 차신다
> 바람 불어 몸과 마음이 하나 되어 폭발한다면
> 눈물이거나 정액이거나 타오르는 불빛이거나
> 새 한 마리 서울 한복판에서 모이를 찾고 있다
> 서울이 그립다가도 도저히 이곳에서 못 살 것 같은 마음이
> 집으로 오는 내내 따라붙는다
> 차창으로 부딪치는 눈송이들이 제 몸을 물로 바꾸는 시간
> 은 뜨겁다   ──「첫눈」 부분

시간을 '인식 가능성으로서의 현재'로서 잡으려 하는 것
이 아니라 소박하게 생김새를 떠올려본다는 발상도 재미있
지만, 그리고 깊은 대목을 툭 던져놓고 눙치는 말버릇이
조금 독자의 마음을 불편하게도 하지만, 이 대목은 시인이
'어디로 가야 하나'라는 삶에 대한 공간적 질문을 시간과
존재를 엮어 비교적 선명하게 제시하는 부분이다. 그는 눈
송이들이 제 몸을 물로 바꾸는 시간, 다시 말해 존재의 양
상 변화를 가져오는 시간을 "뜨거운 시간"이라고 말한다
(물론 이 시간은 '혁명'과 연관되어 있는데, 시인은 이 지점을
끝까지 밀고 나가지는 않는다). 목적지나 지향점은 모른다.
그러나, 만약 그런 곳이 존재한다면 그것은 존재의 격렬한
양상 변화를, 그 격렬한 변화가 너무나 급격하기에 시간이
뜨거워지는 그런 변화를 통해 도달할 수 있을 것이다.

한편, 이번 시집 곳곳에는 개인적 체험, 현실사회, 세계
인식 등이 버무려져 적나라하게 드러나 있다. 김대중, 노
무현, 송해, 김장훈 등 동시대의 인물들이 손쉽게 시의 대
상으로 소환된다. 인간의 삶이 사회적 정황과 분리될 수
없으며, 시는 사회 속에서 펼쳐지는 인간 삶에 대한 기록
이어야 한다는 시인의 은밀한 신념 혹은 이데올로기가 그
런 작품들을 통해 고스란히 드러나고 있는 것이다. 동시대
의 정치적 정황과 함께 호흡하고 있는 「노래 2—김대중

대통령 영전에 바침」나「노래 3 —— 용산 참사 희생자에 바침」 같은 작품은 놀랍기까지 하다. 시를 통해 시인은 한 시대의 상징적 사건을 기록하고 있다. 역사의 기록이 승리자들의 기록 혹은 승리자들에게 감정이입한 자들의 기록임을 떠올린다면, 시처럼 연약한 매체로 한 시대의 상징적 사건을 기록한다는 것은 그 자체만으로도 유의미한 일일 수 있다. 그렇지만 "몸으로 먹고사는 이들의 손은 대체로 크고 굵다/세상을 이루는 힘이다"(「손」) 같은 구절에서 간취할 수 있는 소박한 세계 인식은 그의 시를 따라가던 독자를 당황케 하는 면이 없는 것은 아니다. 그의 시는 인간과 사회의 분리 불가능한 처지를 높은 수준에서 드러내지만, 그 사회를 투시하는 날카로운 시선은 우리에게 보여주지 않는다.

현실 세계에 대한 소박한 재현은 어찌 보면 동시대 시의 기율처럼 되어 있는 '기표와 기의의 불일치'라는 전제를 거슬러 올라가는 것으로 보인다. 이 복고적 재현 방식과 복고적 언어 인식을 생성하는 뿌리는 어디일까? 한편으로 그것은 앞서 말했듯이 시와 사회의 관계에 대한 시인의 정치적 무/의식에 기인하며 다른 한편 그것은 '침묵'에 대한 깊은 천착에 기인한다. 그는 "언어가 침묵으로 살아 있는 공간이 내 안에 있을까"라고 자문하고 있으며(「노래 2」), "한 생을 통째로 먹기엔 침묵의 범위가 턱없이 작다"고 읊

조린다(「생을 먹다」). 본디 침묵은 발화가 시작되면 깨지는 것이다. 그러나 시인에게 침묵은 언어/발화의 반대가 아니라 언어의 존재 양태이다. 침묵 속에서 언어는 살아 숨 쉬는 것이 된다. 우리는 어떤 대상을 언어로 포착하는 순간 그 대상의 생생하고 다양한 생명력을 잃고 언어의 감옥에 갇히는 것을 빈번히 경험한다. 언어로 대상을 개념화하지 않고, 혹은 대상을 지시하기 위해 사용한 언어가 필연적으로 미리 속해 있을 수밖에 없는 콘텍스트 속으로 들어가지 않고 그 대상과 만나려면, 최소한 시인의 관점에서는, 침묵을 지키는 수밖에 없다. 시인과 마찬가지로 '침묵'과 '외로움'을 삶 깊이 받아들였던 사막 교부들의 가르침에 따르면, '침묵'은 마음의 불을 지키는 것이다. 그 침묵 속에서 언어를 통해 개념으로 쪼개지지 않은 대상이 시인의 가슴에 오래 머물 때에야 비로소 시인은 "한 생을 통째로 먹"을 수 있다고 생각하는 것이다. 침묵에 대한 강조는, 언어의 경박한 사용을 통한 얄팍한 대상 전유를 피하고, 대상을 언어화하기 전에 깊은 침묵 속에서 그 대상을 미메시스하겠다는 (물론 '삼킨다'는 표현은 미메시스라는 설명을 조금 꺼리게 만들지만) 시인의 인식을 드러낸 것이라고 할 수 있다. 그는 "침묵의 고통도 없이/하나 나는 닭처럼 온몸으로 (시를) 품지 못했다"(「알」)고 자책하고 있다. 그렇다면 오랜 침묵을 통과해 나온 언어는, 대상의 자기동일성이 고스란히 명명된 언어일 가능성이 높다. 이런 언어를 시인은 "정제된 언어," 더 나아가 "말씀"이라고 표현한 다(「시를 쓰다」). 그리고 그 '말씀'이 고통과 결부되면 '노 래'가 된다. 시인이 말하는 '노래'는 침묵과 고독 속에서, 대상에 대한 어설픈 전유를 경계하면서, 대상의 본질을 명 명하되, 그 대상의 고통에 공감하는 언어이다.

시인이 '명명이 곧 대상의 자기동일성'인 그런 언어를 추 구하는 한 기표와 기의의 불일치, 알레고리적 사유 같은 것은 애당초 설 자리가 없다. 그렇다면 시인의 언어에 대 한 평가는, 긴 침묵을 통과한 언어가 얼마나 대상의 본질 을 알뜰하게 명명하고 있는가를 따져보는 일이 된다. 그것 은 상징적 언어에 접근하는 것이며, 바로 그러한 언어의 성격이 이번 시집의 묵직함과 동시대 시들과의 차이를 만 들어낸다. 또한 「공원에서」나 「빈 배 가득 허물이」와 같은 전통적인 서정시의 면모를 가지게 되는 원인이기도 하다.

이번 시집에는 '언어'에 대한 시인의 끈질긴 성찰이 두 드러진다. 시인의 고유한 매체는 당연히 언어이다. 그리고 언어에 천착하면 할수록 시는 깊어지기 마련이다. 언어에 대한 인식이 담겨 있는 '물고기' 이미지는 이 시집에서 가 장 빛나는 대목이기도 하다.

책에서 건져 올린 물고기 하나하나 나무에 건다
말라가는 몸속에 가시가 녹아든다

이파리마다 숨는다

찾기가 쉽지 않다

책을 읽으면서 느끼지만

언어의 비늘이 의식의 흔들림으로 변하는 건 물고기를 닮
았다

행간으로 이어진 그물 사이사이 고개를 내미는

물고기 눈동자가 손맛처럼 느껴질 때 생각이 떠오르는 건

놓치면 커져버릴 아쉬움 때문인지도 모른다

어렵게 얻은 자식만 귀한가

물고기 하나 싱싱하게 퍼득이면 잠도 안 온다

나무를 보니 그 많던 물고기 어디로 갔나

나이 마흔셋 돌아보니

불타오르던 시절은 가고 누군가 세상은 재만 남았다 한다

물고기 하나 손에 들고 나 서 있다

스스로 눈멀어 딸아이 잠든 줄도 모르고 책 읽어준다

점자처럼 희미한 세상 손끝으로 헤아리니

만져지는 건 거대한 물고기 눈동자를 감싸던 투명한 눈꺼
풀이었다

타다 남은 비늘 몇 조각이었다   ─「책을 읽다」 전문

내 가난한 정신이 기거하는 숲으로 가면

나무마다 물고기 걸려 있고 그 밑에 비늘이 수북하다

말갛게 속이 빈 물고기들은 어둠을 한 입 한 입 오물거리며

자신만의 언어를 허공에 뱉어낸다

떠다니는 언어는 물고기의 광기 어린 사랑이다

나는 슬픔을 꾹 참고 나뭇잎 긁어모아 물고기 하나 덮어주

었다   ──「신성한 숲」 부분

　보들레르 이후 '숲'은 상징의 공간이 되었다. 시인에게
도 마찬가지로 숲은 '내 가난한 정신'이 머무는 곳이다. 그
숲의 나무에 걸려 있는 물고기들은 모두 책에서 건져 올린
것이다. 물론 이때 책은 뛰어난 정신들의 기록만을 의미하
지는 않는다. 세상도 책이다. 시인은 "세상은 문자로 덮여
있다"(「길을 찾아서」)고 말한다. 그러니까 모든 해독 가능
한 대상들은 '책'이 된다. 지금까지 다루었던 것처럼 그가
읽어낸 모든 것들은 그가 나무에 매달아둔 물고기들인 것
이다. 그리고 "물고기"는 동시에 '언어'를 가리키기도 한
다. 시인은 "언어의 비늘이 의식의 흔들림으로 변하는 건
물고기를 닮았다"고 말한다. 그런데, 왜 시인은 '물고기'
라는 이미지를 자신의 언어에 대한 미묘한 인식을 드러내
는 매체로 선택했을까? '물고기'라는 이미지를 통해 그는
언어의 무엇에 관해 말하고 싶었던 것일까? (물론 이 같은
의문에 대해서는 첫머리에 다룬 「시를 쓰다」가 많은 부분 해
명해주고 있다.) 쉽사리 포착할 수 없다는 것, 다른 기호
와의 차이에 의해서만 존립할 수 있는 죽은 기호가 아니라
퍼덕이며 제 스스로 살아 있는 힘을 지니고 있다는 것, 그

물(텍스쳐—텍스트)로 잡아 올리는 것, 때때로 의식 깊은 구석에서 솟구쳐 오른다는 것 등 언어와 물고기를 아날로지 관계로 놓고 여러 가지를 유추할 수 있지만 시인에게 가장 중요한 것은 이제 "그 많던 물고기"는 보이지 않고, "타다 남은 비늘 몇 조각"만 있을 뿐이라는 자각이다. 언어를 붙잡는 것이 지난한 일임을 시인은 깊이 자각하고 있다. 그저 손에 남은 것은 그 언어의 '흔적,' 그것도 훼손되어 불완전한 흔적뿐이다. 침묵 속에서 언어를 숙성시켜 자신의 눈으로 바라보는 인간과 세계를 명명하는 것이 시인의 염원일진대, 간신히 길어 올린 언어가 훼손되어 불완전한 것이라면 시인의 고통은 이루 말할 수 없을 것이다. 간신히 언어의 잔여 혹은 흔적만으로 노래하지만 그 노래 역시 얼마나 불완전한 것인가. 그것은 "깨진 풍경 속에서 피 흘리며 헤엄치는 물고기의 희망"(「한 줄의 연시」)과 같다. 이러한 궁지에 직면한 시인의 마지막 시도는 서정시조차 완전히 탈각하기는 힘든 서사성을 깨끗이 버리고, 짧은 아포리즘으로 그 흔적들을 전면 배치하는 것이다. 그 결과물이 「한 줄의 연시」이다. 서술어를 버리고 명명하는 힘과 함축성을 지닌 명사구만으로 구성한 이 작품은, 불완전한 언어의 흔적들로 모자이크를 만들어 "깨진 풍경"을 분열적 방식으로 제시하려는 시도이다. 시인의 언어에 대한 인식은 지금 여기에 머물러 있다.

동시대의 감수성과 어느 정도 대조를 이루는 조인선의

이번 시집은 인간의 자연인 '몸'과 인간의 제2의 자연인 '사회'를 밀접하게 연관시키고, 그 속에서 체험한 세계를 침묵 속에서 단련한 결정화한 언어로 제시한다. 또한 언어에 대한 깊은 침잠을 통해 구성이나 플롯이 아니라 파편의 제시에 도달한다. 그의 시는 독자에게 만족과 불만족을 동시에 불러일으키는데 이는 그의 시가 동시대 시단의 지형도에서 경계에 서 있는, 풀어야 할 매듭이라는 점을 환기시킨다. 오랜만에 우리는 한 시인의 침묵이 낳은 물고기의 비늘들을 맛볼 수 있게 되었다. 그의 언어와 맨몸과 공동체를 바라보는 시선을 즐길 수 있을 것이며 더욱 벼려진 시선을 기대하게 될 것이다. ▨